LA FRANCE
SAUVÉE,
OU
LE SIÉGE D'ORLEANS LEVÉ.

LA FRANCE
SAUVÉE,
OU
LE SIÉGE D'ORLEANS LEVÉ.
ÉPÎTRE,

Suivie d'une Autre, sur le Bon Usage de la Poësie ; & d'une Ode tirée du Pseaume Miserere.

Par M. SERVANT, d'Orleans.

Rien n'est beau que le vrai, le vrai seul est aimable. Boileau.

A ORLEANS,
De l'Imprimerie de C. A. Le Gall, Imprimeur - Libraire, rue Pomme-de-Pin, au coin de la rue de l'Empereur.

Et se trouve

A PARIS,
Chez LE JAY, Libraire, rue S. Jacques, au grand Corneille.

M. DCC. LXXII.
AVEC PERMISSION.

AVERTISSEMENT.

C'EST l'amour de la Patrie qui m'a infpiré l'Epître qu'on va lire. Je n'ai pu voir rétablir l'ancien Monument qu'un de nos Rois avoit élevé à la Libératrice D'ORLEANS, ou plutôt à celle de la FRANCE, fans me fentir animé du défir de célébrer cet Evenement. Ceux qui lifent notre Hiftoire, favent à quelle extrémité la France fe trouva réduite fous Charles VII, & par quel Secours extraordinaire elle fut fauvée. Ce point d'Hiftoire fait le fond de ma premiere Epître.

La feconde, que j'intitule *Le bon ufage de la Poëfie*, a été imprimée plufieurs fois. On a bien voulu l'inferer dans un des Journaux de Paris, & dans un de nos meilleurs Recueils de Vers. Les Eloges que les Connoiffeurs ont daigné donner à cette Piéce, m'ont engagé à la retoucher & à l'augmenter d'un grand nombre de Vers qui la rendent comme nouvelle.

AVERTISSEMENT.

Enfin, oubliant ma foibleſſe, & animé par les grands Exemples de nos Poëtes les plus juſtement célébres, qui ſe ſont fait un Nom immortel par leurs Poëſies ſacreés, j'ai oſé traduire le *Miſerere*. Si je ne réuſſis point dans l'art des Vers, on verra du moins que je n'ai pas le malheur d'en abuſer. Je crois qu'un Poëte, qui veut être eſtimé, doit être dans tous ſes ouvrages, l'interpréte du Beau & du Vrai ; & que c'eſt moins encore par la ſupériorité que par l'utilité de ſes talens, qu'il peut ſe rendre recommandable à ſon Siécle & à la Poſtérité. On peut juger d'après cette maxime combien le nombre des Poëtes vraiment eſtimables eſt petit.

LA FRANCE
SAUVÉE,
OU
LE SIÉGE D'ORLEANS LEVÉ.

ÉPÎTRE

A M. JACQUE DUCOUDRAY,

Chevalier de l'Ordre Royal & Militaire de Saint Louis, ancien Capitaine au Régiment Royal, Infanterie, ci-devant Commandant du Fort de Fornels, en l'Isle Minorque, & Maire de la Ville d'Orleans.

Toi qui sçus, tendre amant de la Gloire & des Arts,
Partager tes beaux jours entre Minerve & Mars,
Citoyen vertueux, ami de la Patrie,
Ducoudray, quel plaisir pour mon ame attendrie!
Je vois ce Monument, si cher à nos Ayeux,
Relevé par ta main, s'embellir sous nos yeux.

Tout retrace à mon cœur cette jeune Guerriere,
Qui, fauvant nos Remparts, fauva la France entiére;
Et d'un bras valeureux repouffant l'Ennemi,
Vit à la fin fon Roi fur fon Trône affermi.

O France! de ton fort peins - moi l'affreufe image :
Rapelle - nous ces temps d'horreur & de carnage,
Où ton fein, déchiré par tes propres enfants,
Fit contre leur fureur des efforts impuiffants.

Livrés aux Factions, nos Peuples infideles,
Levent impunément l'Etendart des Rebelles.
CHARLES oppofe envain fa naiffance & fes droits,
Henry prétend monter au Trône de nos Rois.
Déjà, contre nos Lis déployant fes Bannieres,
L'Anglois paroît : il eft maître de nos frontieres,
Et, loin de mefurer avec lui fa valeur,
O honte ! le François fe foumet au vainqueur.
Déja le fer vengeur exerce fes ravages :
Nos Villes & nos champs font en proie aux pillages ;
Et les feux, que l'airain recele dans fes flancs,
Portent avec la mort la terreur dans nos rangs.
De cadavres fanglants nos plaines font couvertes :
Les fiéges, les combats fe comptent par nos pertes ;
Et CHARLES, dans un coin de fes triftes Etats,
Gémit, en attendant des fers, ou le trépas.
Plus d'efpoir pour la France : eft - il une contrée
Qui par les Léopards n'ait été dévorée ?
Que dis - je ? une Cité tient ferme pour fon Roi :

Ton Prince, ô ma Patrie, espere encore en toi.
Envain, sous tes remparts, l'implacable Angleterre,
Fiere de ses succès, fait gronder son tonnerre.
Henri n'entrera pas triomphant dans tes murs ;
Les cœurs de tes Enfants sont des boulevards surs.

Ni l'aspect de leurs fils moissonnés avant l'âge,
Ni la contagion, pire que le carnage ;
Ni la pressante faim, le dernier des fléaux,
Fouillant des aliments jusque dans les tombeaux ;
Ni le spectacle affreux des meres défaillantes,
Tombant entre les bras de leurs filles mourantes ;
Ni tant d'autres horreurs qui les glacent d'effroi
Ne peuvent ébranler leur constance & leur foi ;
Et, dans leur désespoir, prenant pour l'héroïsme
Les criminels accès d'un ardent fanatisme.
'Ah ! mourons, disent-ils d'une commune voix,
Mourons, braves amis, fidéles à nos loix ;
Que de cette Cité*, jadis si florissante,
Il ne reste à l'Anglois qu'une roche fumante ;
D'un cœur vraiment François, de sa fidélité,
Nous devons cet exemple à la Postérité.
Oui, chers concitoyens, plutôt que de nous rendre,
Ne laissons aux tyrans que des monceaux de cendre ;
Que des feux par la faim & la rage attisés.

---

* Un Auteur moderne avance que cette résolution désesperée
a été prise & arrêtée dans Orleans. *Voy.* les Notes sur le Siége
de Calais. *Trag.*

Nous faffent un tombeau de nos murs embrafés.
Peut-être que ces fiers & cruels infulaires,
Touchés de nos malheurs épargneront nos freres;
Et peut-être effraiés de notre défefpoir,
Quitteront-ils nos bords, pour ne plus les revoir.
Ils dirent; auffi-tôt mille mains empreffées.......
Que faites-vous? pourquoi ces fureurs infenfées?
Non, vous ne fuivrez pas vos coupables deffeins;
Barbares, eft-ce à vous de regler vos deftins?
Vous dépendez d'un Dieu dont vous êtes l'image;
Et vous ofez, ingrats, détruire fon ouvrage.
Vivez; tout vous défend d'attenter à vos jours;
Vivez. Le Ciel l'ordonne...... ô célefte fecours!
O prodige! que vois-je! une fimple Bergere
Extermine, confond la puiffance étrangere;
De la voix & du gefte animant les François,
Elle s'élance au fein des efcadrons Anglois;
Fait par-tout reffentir fes armes meurtrieres;
Renverfe fous fes coups des légions entieres:
Vole, pourfuit, atteint, immole les fuyards,
Décide la victoire, & fixe les hafards.
  L'Ennemi terraffé par une main divine,
Regarde en frémiffant cette jeune Héroïne;
Et cédant à l'effort de fon bras indompté,
Henry dans Albion s'enfuit épouvanté.
CHARLES voit fa fortune à l'inftant relevée;
Il eft conduit à Rheims, & la France eft fauvée.

LE BON USAGE
DE LA POËSIE.

ÉPÎTRE

A Monsieur DE REYRAC,
Chanoine Regulier de la Congrégation de
Chancelade, Prieur de S. Maclou d'Orleans;
de la Société Royale d'Agriculture de cette
Ville, & des Académies de Toulouse, de
Bordeaux & de Caen.

SUR SES POËSIES
Tirées des Saintes Ecritures.

Sᴜʙʟɪᴍᴇ Imitateur des Poëtes Hébreux,
Toi, dont le Goût brillant, & le Génie heureux,
Dédaignant de vains mots l'assemblage emphatique,
Nous peint la vérité simple, mais magnifique.
Dᴇ Rᴇʏʀᴀᴄ, aux accens de ton luth enchanteur,
Un saint ravissement s'empare de mon cœur.

Mon ame s'aggrandit, & ma foible paupiere
S'ouvre aux rayons perçans de ta vive lumiere.
Par les traits vigoureux de ton divin Pinceau,
Tu m'apprends à sentir, à connoître le Beau.
Mon esprit jusqu'ici resserré dans sa sphere,
S'éleve avec le tien, & franchit l'hémisphere.
Les montagnes, la mer, tout fuit devant mes yeux;
La terre disparoît : & je suis dans les Cieux.
Là, je vois l'Eternel élevé sur son trône;
Qu'il est terrible, & grand ! que d'éclat l'environne!
Loin d'ici, loin de moi prétendus beaux esprits :
Quel fruit puis-je tirer de vos fades Ecrits ?
Envain vous me peignez l'ardente Nictimene
Dans le lit de son pere, où son amour l'entraîne;
La barbare Progné qui sert à son Epoux
Son fils qu'elle égorgea dans un dépit jaloux :
Narcisse qui soupire aux bords d'une onde pure,
Follement éperdu de sa belle figure ;
L'Epouse de Minos, éprise d'un taureau ;
Pan, au lieu de Syrinx, embrassant un roseau;
Œdipe incestueux, le Mari de sa Mere,
Après s'être souillé dans le sang de son Pere.
Vous ne me présentez que des monstres affreux,
Sortis du sein profond des Enfers ténébreux;
Et mon cœur, quand je vois vos obscènes peintures,
Frémit d'horreur, & veut des images plus pures.
    Et vous, de Melpomene Enfants audacieux,
Dont la verve s'éleve & se perd dans les cieux,

Dites comment Brutus, cette ame fiere & dure,
Dans le fang de fes fils outragea la nature,
Brutus, l'ami du peuple & de la liberté,
L'ennemi des Tarquins, & de la Royauté.
Dites quels coups frappa la difcorde fatale,
De quel fang ont rougi les plaines de Pharfale :
Quel fut ce jour affreux marqué par tant d'horreurs,
Où la fuperbe Rome en proie à fes fureurs,
De fes cruels foldats vit la troupe effrenée
Courir de toutes parts, au carnage acharnée :
Sur les corps entaffés des Epoux expirans,
Immoler & la mere & les pâles enfans ;
N'épargner ni le fang, ni le fexe, ni l'âge :
Et par-tout de la mort offrir l'affreufe image.
Rappellez-nous Céfar au milieu du Sénat,
Percé de mille coups par un lâche attentat ;
Cicéron maffacré, Cicéron ce grand homme,
L'ornement éternel, & la gloire de Rome :
Le ftoïque Caton, calme dans fa fureur,
Se plongeant de fang froid un poignard dans le cœur.
La défaite d'Antoine & fa valeur trompée,
Satisfaifant enfin aux Manes de Pompée.
Après tant de carnage, & de profcriptions,
Peignez Rome livrée aux Caïus, aux Nerons,
Tigres qui, de l'Etat comblé de funérailles,
Dans le fein de la paix déchiroient les entrailles.
Dites depuis quel temps l'Univers défolé,

Sous le poids de ses maux gémissoit accablé,
Comment Othon, frappé des malheurs de la terre,
Et las de voir fumer le flambeau de la guerre,
Au salut des humains immolant sa grandeur,
Crût par un beau trépas ramener le bonheur.

Ils n'ont jamais connu la véritable gloire,
Vos prétendus Héros si vantés dans l'Histoire.
Eh! qu'est-ce que leur vie? un tissu d'attentats.
Que font vos demi-dieux? d'illustres scélérats,
Presque tous abrutis, & plongés dans le vice,
Opprobre des humains, & nés pour leur supplice.
Ce n'est point par le crime & la férocité
Qu'on se fraie un chemin à l'immortalité.

Envain, pour me toucher, votre Muse s'épuise;
Tout Poëte m'ennuie, à moins qu'il ne m'instruise.
Ah! que n'employez-vous votre lyre & vos vers,
A chanter les Beautés de ce vaste Univers;
Du Chef-d'œuvre des Cieux l'étonnante structure,
Et les riches trésors de la belle Nature.
Dites, vous le pouvez, par quels ressorts divers,
L'oiseau prend son essor dans le vague des airs;
Le reptile, ce corps plus fragile qu'un verre,
En replis tortueux se traîne sur la terre;
Le poisson nage & vit dans l'eau son élement;
De tout être l'air est la vie & l'aliment:
Quelles sont du Soleil les vertus bienfaisantes;
Comment cet astre rend les moissons jaunissantes:

Comment par fes rayons, plus ou moins éclatans,
Il regle tout, & fait la mefure du temps;
Comment au Firmament la Lune, & les Etoiles,
Pour mieux briller la nuit, le jour prennent leurs voiles:
Et pourquoi les torrens, les fleuves, les ruiffeaux,
Vont payer à la mer le tribut de leurs eaux.
Peignez-nous à grands traits ces montagnes chenues,
Dont le front fourcilleux brave & touche les nues;
Les arbres, & leurs fruits, les plantes & les fleurs,
Et l'aurore, & l'iris, & fes vives couleurs:
L'aquilon, le feu, l'air, & fes intemperies;
Le zéphir fe jouant fur l'émail des prairies.
Alors vous m'offrirez l'admirable tableau
De ce que la Nature étale de plus beau;
Mais prenez pour modele & David, & Moïfe,
Et chantez les objets dont mon ame eft éprife.

Ah! que tes Vers font beaux dans leur fimplicité!
Reyrac: quel feu, quel ftyle & quelle aménité!
Dans tes brillans tableaux quel charme m'intéreffe,
Sous tes doigts la Vertu fe peint avec nobleffe.
Par-tout tu fais fentir ton ame, ta candeur,
Tes talens immortels, & la paix de ton cœur.

Entraîné par tes chants, je méprife la terre,
Et je vais célébrer le Maître du tonnerre.
Dieu, cet Être incréé, Créateur Tout-puiffant,
Débrouillant le cahos, & tirant du néant,

Au souffle de sa voix, souveraine & féconde,
Tout ce qui brille aux yeux, le ciel, la terre & l'onde.
Que dis-je? j'oserois » d'un vol audacieux,
» M'élever comme l'aigle, & planer dans les cieux ! »
Non. Je sens où m'emporte une audace orgueilleuse.
Je me rappelle Icare, & sa chute honteuse.
Qui s'éleve trop haut, doit craindre un sort pareil.
Ver rampant, est-ce à moi d'approcher du Soleil ?

ODE

TIRÉE du Pseaume 50.

Miserere mei Deus, secundùm magnam misericordiam tuam.

David pénitent gémit devant Dieu. Il prie le Seigneur de lui pardonner son crime, & de purifier son ame en lui donnant son Saint-Esprit.

SUSPENS les coups de ta vengeance
Que j'ai si long-temps mérités.
Grace, ô mon Dieu! que ta clémence
Pardonne à mes iniquités.
Si tu consultes ta justice,
Elle demande mon supplice:
Mais ton excessive Bonté
De ta Main arrache la foudre
Qui devroit me réduire en poudre,
Et punir mon impiété.

L'œil de ta sagesse éternelle,
Qui perce les replis du cœur,

Voit de mon ame criminelle,
Et l'amertume & la douleur.
Que ta grace à mes vœux propice,
Me retire du précipice,
Où les ténébres m'ont jetté.
Lave jufqu'aux fources impures,
Où j'ai pris toutes les fouillures,
Dont mon cœur fe trouve infecté.

Fils pervers d'un pere rebelle,
Pécheur conçu dans le péché,
Je traîne la chaîne cruelle
Du crime à mon fort attaché.
Donne un nouvel être à mon ame:
Seigneur, que ton Efprit l'enflamme
Du feu pur de fa Sainteté.
Tu fais que la chair eft fragile,
Fais, mon Dieu, d'un vafe d'argile
Le temple de la pureté.

Jufqu'à toi, jufques à ton trône
Mon lâche forfait eft monté.
Hélas ! tout ce qui m'environne
M'en retrace l'énormité.
Le ver rongeur qui me tourmente,
Sans ceffe me le repréfente,
Suivi de toutes fes horreurs.
Ah! fi ton cœur ne me pardonne,
Et que toujours il m'abandonne,
Rien ne pourra fécher mes pleurs.

Non, non, pour expier leurs crimes,
Tu n'exiges pas des Mortels,
Que par d'inutiles victimes,
Ils enfanglantent tes Autels.
Tu n'es point un Dieu fanguinaire ;
Pour toi l'offrande volontaire
D'un cœur, de regrets déchiré,
Eft un bien plus doux facrifice,
Que le fang de quelque geniffe
Tombant fous le couteau facré.

Détourne tes yeux de l'offenfe
Que j'ai faite à ta Majefté.
Mon Dieu, je n'ai plus d'efpérance
Que dans ton immenfe Bonté.
Sur moi fais qu'elle fe déploie :
Par-tout éclatera ma joie,
Mon allégreffe & mon bonheur.
Sion ouvrira fes Portiques,
Et dans fes fêtes magnifiques
A jamais louera ta Grandeur.

F I N.

PERMISSION.

PErmis d'imprimer, vendre & débiter A Orleans le onze Mai mil sept cent soixante-douze.

DUCOUDRAY, Maire.